Ich und meine Oma und die Liebe

Ilse Gräfin von Bredow

Ich und meine Oma und die Liebe

Unkorrigierte Leseprobe
für den Buchhandel

Weihnachtsgeschichten

Scherz

Erste Auflage 1998

Lektorat: Dr. Hiltgunt Grabler

Ich und meine Oma und die Liebe

Ich und meine Oma wissen, wie das Leben ist, nämlich spannend. Aber Mama macht aus dem Wort gleich wieder was Unerfreuliches. Sie sagt «gespannt»: «Ich bin ja nun wirklich mal gespannt, wann du lernst, pünktlich zu sein, dich an deine Schularbeiten setzt und endlich deine Dankbriefe für die Geburtstagsgeschenke schreibst.» Aber noch mehr gespannt ist sie, ob Oma in diesem Leben noch vernünftig wird.

«Glaubst du an ein Leben nach dem Tode?» fragt Papa.

Mama sieht ihn verdutzt an. «Wieso?»

«Weil du von diesem Leben sprichst.»

Ich und meine Oma sind mächtig viel rumgekommen. Sogar in Ägypten waren wir schon, wo doch Maria und Josef hingeflohen sind mit dem kleinen Jesus, und ich durfte sogar auf einem Kamel reiten. Im Hotel war es allerdings doof. «Das habe ich mir nun wirklich ganz anders vorgestellt», hat Oma gesagt. «Die Pyramiden brauchen wir ja nun nicht mehr. Hier sitzen genug Mumien rum.»

Aber dann haben wir einen Herrn kennengelernt, der sah noch recht lebendig aus, und Oma hat gefragt: «Wie findest du den?»

«Mittelprächtig», habe ich gesagt.

Oma hat gelacht. «Mittelprächtig. Du redest schon wie deine Mutter. Na ja, seine Zähne sind vielleicht ein bißchen groß.»

«Und seine Füße auch», sagte ich. «Außerdem hat er Löcher in den Socken.»

«Was du so alles siehst.»

Aber er war dann eigentlich doch sehr nett und hat uns überall rumgefahren, auch in die Wüste. So viel Sand, man glaubt es kaum. Und wir in seinem Auto mittendrin. Aber dann muß er meiner Oma plötzlich dumm gekommen sein. Das, sagt Oma immer, ist typisch für Männer: Irgendwann kommen sie einem dumm. Was genau sie damit meint, weiß ich nicht, aber sie hat das immer voll im Griff. Und als sie gesagt hat: «Wir wollen doch nicht albern werden», da wußte ich, es war wieder soweit. Er hat angehalten und gesagt: «Benzin ist alle, gnädige Frau. Was machen wir jetzt?»

«Na, dann holen Sie eben welches», hat Oma gesagt. Und er ist tatsächlich losmarschiert mit einem Kanister, weiter und immer weiter, bis er nur noch ein Punkt war. Inzwischen ist Oma auf den Führersitz gerutscht, hat auf das Armaturenbrett gekuckt, das Auto kurz angelassen und gesagt: «Hab ich mir's doch gedacht!» Dann hat sie sich die Haare gekämmt, den Lippenstift rausgeholt, sich im Spiegel bekuckt und mich beruhigt: «Keine Bange, der kommt schon wieder. Er will uns bestimmt nur einen Schreck einjagen.»

Oma hatte recht. Zehn Minuten später war er wieder zurück, hat uns angegrinst und gesagt: «Kleiner Scherz. Hab die Damen hoffentlich nicht erschreckt.»

«Überhaupt nicht.» Oma hat den Zündschlüssel rumgedreht und Gas gegeben. Und er stand da, völlig verdattert, den Kanister in der Hand. Oma hat wieder angehalten, und er ist wieder auf uns zugestapft. Aber kaum war er beim Auto, hat sie wieder Gas gegeben. Das hat sie so zwei-, dreimal gemacht, bis er endlich rein durfte. Und sie hat ihn angelächelt. «Kleiner Scherz. Wir hoffen, wir haben Sie nicht erschreckt.»

Gesagt hat er nichts, nicht einmal protestiert, daß Oma ihn einfach nicht mehr ans Steuer ließ. Aber zum Platzen wütend war er. Ich habe deshalb angefangen zu singen, um wenigstens etwas für Unterhaltung zu sorgen. Das hat ihn noch wütender gemacht. Er hat sich umgedreht und gesagt: «Ach, halt die Klappe!» Und Oma hat gesagt: «Genau das tust du nicht!» Und zu ihm: «Wir wollen doch hier nicht gewöhnlich werden.» Dann hat sie den Motor singen lassen, und wir sind nur so durch die Wüste gebraust. Es war wundervoll.

Als wir wieder zurück waren und ich gleich ins Bett mußte, hat sie mich gefragt: «War es spannend?»

«Sehr», hab ich gesagt.

Sie hat den Finger auf den Mund gelegt. «Finger auf den Mund heißt: Mama nichts erzählen.» Ich habe genickt und meine Oma doll liebgehabt. Meine Oma, die viel schöner ist als die Barbie-Puppe von Karolin, der dummen Nuß, mit der sie mich nie spielen läßt. Und wenn ich sie nur anfasse, kreischt sie gleich los: «Du machst sie kaputt, du machst sie kaputt!»

Am nächsten Tag hat sich der mittelprächtige Herr nicht mehr blicken lassen. «Wo ist er denn geblieben?» habe ich Oma zugeflüstert. Sie hat gelacht. «Verduftet.»

Ja, meine Oma und ich, wir sind viel rumgekommen. In Mallorca waren wir, in Rom, ja sogar in Walsrode, wo es den Tierpark gibt, und in Paris. Überall haben sich Herren gefunden, die Oma unbedingt beschützen wollten. Erst fand Oma das auch immer ganz schön. Aber dann hat sie nach einer Weile gesagt: «Ich kann gut allein auf mich aufpassen.» Es waren auch richtig nette Herren darunter, die sind uns nicht dumm gekommen. Jedenfalls durften sie bei Oma im Zimmer frühstücken, das hätte sie sonst nie erlaubt. Nicht mal ich durfte das. Ich mußte immer runter ins Restaurant. Einer hat mir sogar Disneyland gezeigt und ein anderer mir eine Barbie-Puppe gekauft. Aber da hat Oma gemeint, die sollte ich besser nicht mit nach Haus nehmen. Ich könnte ja mit ihr spielen, wenn ich sie besuchte.

Ich erlebe so viel mit Oma, und ich kann es Mama nicht erzählen. Papa schon eher. Aber der hat nie Zeit und hört nie richtig zu. Er behauptet, was ich erzähle, hat keinen Anfang und kein Ende, und alles ist wie Kraut und Rüben durcheinander. Er kapiert jedenfalls immer nur die Hälfte. Oma findet das auch. «Dein Vater versteht nur, was er will.» Und das stimmt. Mama hat zum Beispiel mit meiner Gesundheit echt einen Knall. Dauernd muß ich mir die Hände waschen, Süßigkeiten kriege ich kaum, und an

Pommes frites und Hamburger darf ich nicht mal denken. Vitamine! Vitamine! Mama kauft sie tonnenweise. Überall steht das Zeugs rum. Dauernd macht sich Mama Sorgen: «Das Kind ist zu dünn, das Kind ist zu dick, das Kind hält sich schlecht, das Kind hat eine Bronchitis nach der anderen, das Kind sackt sich alles auf und ist von Bakterien und Viren bedroht, das Kind muß eine Brille tragen, und an eine Zahnspange müssen wir auch mal denken.»

Ich beklage mich bei Papa. Der lacht nur und sagt: «Soll ich Mama umtauschen?» Nein, umtauschen soll er sie nicht. Nur, er soll mal mit ihr reden. Leider tut er das Gegenteil, er predigt mich an: Jedes andere Kind würde vor Freude weinen, so eine Mutter zu haben, die sich Sorgen macht, es so gut mit mir meint. Nie läßt sie mich allein, obwohl sie doch manchmal Besseres zu tun hätte, als dauernd auf mich aufzupassen, wo sie doch so jung und hübsch ist und alle Männer sich nach ihr umdrehen. Immer denkt sie nur an das Kind, Tag und Nacht. «Mehr als an dich?» frage ich. Und Papa seufzt: «Da könntest du recht haben.»

«Ist ja wirklich spannend», sage ich. Und er kuckt mich ganz merkwürdig an und sagt: «Na, das finde ich nun wirklich nicht.»

Ein Vater, meint er immer, sollte die Hauptperson sein, das kann er schließlich verlangen, wo er doch dafür sorgt, daß wir nicht verhungern müssen. Und überhaupt, was wir ihn kosten, kaum zu sagen. Das Schwimmbad, der Garten, Mamas und meine Klamotten. «Deine nicht?» frage ich, und er wirft mir einen unfreundlichen Blick zu. «Soll ich vielleicht in meiner Stellung in Anzügen aus irgendwelchen Ramschläden rumlaufen?»

Ich kuschle mich an ihn. «Papa, sind wir reich?»

«Es geht», sagt er. «Wirklich reich ist nur deine Großmutter.» Und dann erzählt er mir wieder die Geschichte, wie es so gelaufen ist mit meiner Oma und meinem verstorbenen Opa, der sie so wahnsinnig geliebt haben soll. Und ich frage wie immer: «Was war denn mein Opa?»

«Genau genommen ein Spekulant.»

Das Wort zergeht mir auf der Zunge und erinnert mich an Pfefferkuchen.

«Was tut ein Spekulant?» frage ich, wie es zum Spiel gehört.

«Er macht gefährliche Geschäfte.»

Ich nicke. «Spannende?»

«Spannend sind sie bestimmt. Man kann von heut auf morgen arm dabei werden.»

«Oder reich.»

«Oder reich», bestätigt Papa. «Und das ist ja dein Opa dann auch geworden. Deine Mama ist als Kind rumgelaufen wie eine Prinzessin.»

«Und ein Chauffeur mußte sie zum Kindergarten bringen.»

Papa nickt. «Deswegen haben sie die anderen Kinder auch so oft verdroschen.»

«Aber nicht lange», sage ich. «Mama ist stark. Aber du bist stärker.» Ich befühle seine Muskeln. «Wenn du willst, kannst du jeden zu Mus schlagen.»

Er lacht vergnügt. Das gefällt ihm. «Wenn du meinst.» Papa sieht nämlich nicht nur klasse aus, sondern spielt auch klasse Tennis, läuft Ski und ist ein Meister im Tauchen. Und dann kommt wieder die Geschichte von dem halben Kind, was Oma gewesen sein soll, und Mama auch, als sie geheiratet hat. «Das liegt eben so in der Familie», sagt Papa, und ich sehe Mama, nicht größer als Karolins Barbie-Puppe, ganz in Weiß in die Kirche gehen und höre die Hochzeitsgäste flüstern: «Unglaublich, ein halbes Kind!»

Dann fängt Papa wieder davon an, was wir doch für teure Damen sind und wie wir sein

Geld zum Fenster rausschmeißen. Das sage ich gleich Mama. Die ist empört. «Das ist ja wohl die Höhe! Trag ich etwa mein Scherflein nicht dazu bei?» Und dann erzählt sie mal wieder, wie strapaziös diese Stadtrundfahrten sind, die sie als Fremdenführerin begleitet, dreimal in der Woche. Ich streichle sie und sage: «Arme Mama.» Und dann sage ich noch, wie doll lieb ich sie habe, damit sie gute Laune kriegt. Denn an diesem Adventssonntag will ich unbedingt zu meiner Oma. Die wird nämlich bestimmt einen Stadtbummel mit mir machen und mir tolle Sachen kaufen. Das tut sie meist. Aber Mama sage ich besser davon nichts, wo sie doch so schwer arbeiten muß und immer behauptet, Elinor, wie sie Oma nennt, ist diejenige, die das Geld mit beiden Händen zum Fenster rauswirft, und daß das Leben nicht dazu da ist, sich pausenlos zu amüsieren. Es gibt auch Pflichten gegenüber den Mitmenschen. Und Elinor sollte sich besser um die Probleme der sozial Schwachen kümmern und sich als grüne Dame einem Krankenhaus zur Verfügung stellen oder der Telefonseelsorge. Ach, es gibt so viel, was Elinor tun könnte. Eigentum verpflichtet, sagt sie, das weiß doch jeder.

«Oma ist reich», sage ich andächtig.

Mama lacht, aber freundlich klingt es nicht. «Das kannst du laut sagen.»

Aber das möchte ich lieber nicht. Womöglich wird sie sonst überfallen, und jemand haut ihr auf den Kopf, auf die Rübe, wie Papa immer sagt. Und da liegt sie dann in ihrem Blut. Oder sie wird womöglich entführt, und der arme Papa muß Lösegeld bezahlen, das ich dann den Entführern überbringe, denn das verlangen sie, nur diese Kleine, sonst niemand. Dann fahren sie mich zu einem verwahrlosten Haus mit zerschlagenen Fensterscheiben und rausgebrochenen Türen, und es ist ganz dunkel, und ich tapere mit einer Taschenlampe herum und lege dann den Umschlag mit dem vielen Geld in einen kaputten Kinderwagen. Und ein paar Stunden später kommt Oma angehumpelt, schließt mich in die Arme und sagt, wie stolz sie auf mich ist. Natürlich kriegt Papa das Lösegeld von ihr wieder und noch einiges dazu. «Und ich», sage ich, «was kriege ich?»

«Ich werd dir gerade verraten, was du zu Weihnachten kriegst», sagt Mama, und ich merke, daß ich mal wieder laut gedacht habe, und sage schnell: «War ja nur 'ne Frage. Darf ich jetzt zu Oma gehen?»

«Meinetwegen», sagt Mama milde gestimmt,

weil ich sie doch so doll liebhabe. «Aber iß nicht wieder alles durcheinander und stopf dich voll, und ich habe dann wieder die Bescherung.»

So ein Christmarkt ist das Schönste, was man sich denken kann. Ich und meine Oma nehmen uns Zeit. Wir bleiben an jedem Stand stehen, schnuppern gebrannte Mandeln und gebratene Würstchen, sehen einem Goldschmied zu, der aus Silberdraht Ringe und Armbänder formt, kaufen Lose für einen wohltätigen Zweck, und meins gewinnt sogar. Den Gewinn können wir gleich abholen. Es sind, wie üblich, Leibniz-Kekse. Und Oma kauft mir Zuckerwatte, Salmiakstangen, Karamelbonbons, Nüsse und Rosinen. Und ich kaue und lutsche, bis mein Magen die Meldung gibt: Aufhören, sonst passiert was!

Dann will Oma unbedingt in ihre Lieblingsparfümerie. Dort begrüßt man sie, als sei sie die Oma von allen. «Wie schön, gnädige Frau lassen sich auch mal wieder blicken mit der Kleinen. Gehst du schon zur Schule?» Oma kauft und kauft, Nagellack, Wimperntusche, Creme für die Haut in der Nacht, für die Haut am Tage, Parfum in winzigen Fläschchen, die, wie Mama immer sagt, ein Vermögen kosten. Und ich bekomme jede Menge Proben. Eine Verkäuferin besprüht mich wie Mama ihre Wäsche. Wenn Mama das sehen würde! Oma bezahlt, aber abholen wird sie die Tüten erst später. Sie will mir noch was zeigen. «Was denn?» frage ich. «Verrate ich nicht», sagt sie. Oma ist heute irgendwie anders. Sie kuckt so merkwürdig durch die Gegend, und in der Parfümerie hat sie sich auf einen von den vergoldeten Hockern gesetzt. Das tut sie sonst nie.

«Bist du okay?» frage ich.

«Mehr als das», sagt sie. Und dann bleibt sie stehen, direkt vor einer Kirche. «Da gehen wir jetzt rein.»

Ich bin baff. «Das haben wir ja noch nie getan!»

«Dann eben jetzt.»

Die Kirche ist schon für Weihnachten geschmückt, mit einem Tannenbaum neben dem Altar. In den spitzen Fenstern gibt es bunte Bilder zu sehen. Männer und Frauen in komischen Kleidern, die mal ernst, mal freundlich in die Gegend kucken. Es ist fast leer. Nur ein paar alte Frauen sitzen herum. Wir bleiben stehen und hören der Orgel zu, die Weihnachtslieder spielt. Mir wird langweilig, und ich zupfe Oma am Ärmel. «Laß uns gehen.» Statt dessen sucht sie sich einen Platz in einer Bank. Was bleibt mir anderes übrig, als mich neben sie zu setzen. Mir wird kalt, und ich kuschle mich an sie. Sie riecht so gut. Und dann sehe ich sie mir von der Seite an. Meine Oma sieht fabelhaft aus, keine andere kann ihr das Wasser reichen, jedenfalls nicht die von den Kindern aus meiner Klasse. Die haben große Busen, weißes Haar, sind frisiert wie ein Kohlkopf und haben Rheuma und Gicht oder sonst irgendwas. Niemand dreht sich nach ihnen um. Aber nach meiner Oma jeder, egal, wo wir sind. Papa findet das auch. Mama schüttelt ungläubig den Kopf. «Jeder? Das möchte ich nun wirklich bezweifeln.»

«Na, na», sagt Papa, «ist hier jemand eifersüchtig?»

«Ich bitte dich!» Mama knallt den Deckel der Tiefkühltruhe zu, daß die gefrorenen Hühner anfangen, Ballett zu tanzen. «Ich finde nur, Elinor könnte langsam anfangen, nicht mehr wie ein Teenager in Minirock und diesen engen Jeans rumzulaufen.»

«Was stört dich denn daran?» will Papa wissen.

«Ich find's einfach würdelos. Was sollen bloß die Leute denken?» Mama hat es immer mit den Leuten. Was sollen die Leute denken, was sollen die Leute sagen.

Sollen sie reden – Oma ist das ganz egal. Auch, daß ich mich jetzt langweile. Die Turmuhr schlägt die volle Stunde, und wir sitzen immer noch hier rum. Vielleicht ist irgend etwas mit ihr passiert, daß sie nicht mehr laufen kann, daß sie auf einmal gelähmt ist. Das soll's geben. Was mache ich dann? Ich werde aufstehen, zum Altar gehen, mich dort hinstellen und rufen: «Meine Oma ist krank, sie kann nicht mehr aufstehen. Bitte helft mir!»

Oma schreckt richtig hoch. «Wobei denn?» fragt sie verwundert. Dann steht sie auf, und ich bin heilfroh, daß sie wieder laufen kann, und so schnell, daß ich kaum hinterherkomme. «Kind, beeil dich, es ist schon spät! Sicher warten deine Eltern schon.»

Das tun sie wirklich. Mama kriegt wieder diesen gewissen Blick und sagt: «Ich bin gespannt, Elinor, wann du dich endlich mal an Absprachen hältst. Das Kind hat um sechs zu Haus zu sein.»

«Ich und Oma waren in der Kirche», erkläre ich schnell.

«In der Kirche?» Mama wird ganz blaß. «In der Kirche warst du?» Und sie sieht Oma scharf an. «Wie vor drei Jahren?»

Oma wird ein bißchen verlegen. «Das war was anderes.»

«Na, hoffentlich», sagt Mama. Die beiden werfen sich einen ganz komischen Blick zu, und ich denke, die haben mal wieder ein Geheimnis. Ich liebe Geheimnisse. Aber ich muß sie kennen.

Als Oma weg ist, seufzt Mama tief und sagt: «Es ist doch immer dasselbe mit Mutter. Erst die große Liebe, und dann hat sie den Salat und muß ins ...»

«Ganz richtig», unterbricht sie Papa. «Das Kind muß dringend ins Bett.» Aber ich denke, vielleicht kriege ich jetzt endlich einen Opa. Das wäre toll. Schon sitzt er vor mir in Omas Kuschelecke auf dem Sofa mit dem roséfarbenen Bezug und freut sich gerade wahnsinnig, daß ich ihn besuchen komme. Ich denke, endlich habe ich einen neuen Opa, wo Papas Eltern doch lange tot sind und ich nicht mal einen Onkel und eine Tante habe. Er hat mir auch versprochen, mit mir zu der Mini-Playback-Show zu fahren, in der ich so wahnsinnig gern auftreten würde. Dafür hat nämlich niemand Verständnis, nicht mal Papa. Als ich vor dem Flurspiegel rumgewirbelt bin, hat er nur gesagt, genauso stellt er sich eine tanzende Giraffe vor. Auch meine Oma kann sich für meinen Wunsch nicht erwärmen und sagt immer, ich soll lieber Ballettstunden haben. Aber bei meinem neuen Opa werde ich nicht bitten und betteln müssen. Fragt sich nur, wie lange ich ihn habe. Er wird aufstehen und weggehen, einfach so. «Opa, wo willst du hin?» rufe ich ihm nach.

Mama und Papa starren mich an. Und Mama sagt: «Das Kind ist mal wieder völlig überreizt. Ich hab mir's ja gleich gedacht, wenn Elinor sie auch so spät nach Hause bringt. Wenn es man nicht doch wieder –»

«Ab ins Bett», sagt Papa zu mir. Das ist das Beste vom Leben, behauptet er immer. Manchmal stimmt es. Wenn ich keine Lust auf die Schule habe, traurig bin und keinen Mund zum Reden, brauche ich niemanden zum Geschichtenerzählen. Mir fallen selbst genug ein. Und jetzt, wo es bald Weihnachten ist, mehr als sonst. Vom Weihnachtsmann, obwohl es ihn ja gar nicht gibt, der oben auf dem Schornstein sitzt und die Päckchen durch den Kamin schmeißt, von der Jungfrau Maria, die ich wieder mal nicht spielen darf beim Krippenspiel in der Schule. Es mußte natürlich mal wieder Frau Webers Liebling Karolin sein, die dumme Nuß. Und ich bin nur einer der Heiligen Drei Könige. Immer und immer Kaspar. Aber Papa sagt, einen farbigen ausländischen Mitbürger darzustellen ist eine große Ehre für mich. Darüber muß

Mama lachen, sagt dann aber gleich, sie hat es nicht gern, wenn über dieses ernste Thema gewitzelt wird.

«Was heißt hier gewitzelt», sagt Papa. «Ich halte mich grundsätzlich nur an den üblichen Sprachgebrauch. Es gibt keine alten Menschen mehr, nur noch Senioren, und für Verbrecher, ganz gleich, was sie auf dem Kerbholz haben, ist jetzt der Polizist eine Bezugsperson.»

«Da ist was dran», sagt Mama und lacht wieder. «Aber grundsätzlich mag ich es nicht, wenn du ironisch wirst.»

«Grundsätzlich» ist auch eines ihrer Lieblingswörter, und als Papa noch einmal an mein Bett kommt, frage ich ihn: «Was ist eigentlich grundsätzlich?»

«Ein dummes Wort», sagt er und seufzt ein bißchen, «so ist nun mal deine Mutter. Es muß alles feste Regeln haben.» Als er sich zum Gutenachtkuß zu mir herunterbeugt, sehe ich auf die Kuckucksuhr, die gegenüber von meinem Bett hängt, und mir fällt ein, daß es im Fernsehen jetzt gleich einen wundervollen Film von einer bösen Hexe gibt, die kleine Kinder in Mäuse verwandelt. Ich habe ihn schon zweimal gesehen. Er ist einfach wunderbar.

«Papa», sage ich beschwörend.

«Kommt nicht in Frage, was immer es auch im Fernsehen gibt», meint Papa.

Ich staune. «Woher weißt du, was ich sagen will?»

Er kitzelt mich ein bißchen. «Ich seh's dir an der Nasenspitze an.» Dann legt er seine Hand über meine Augen. Und als ich sie wieder aufmache, steht meine Mutter vor dem Bett und sagt: «Los, los, du kommst sonst wieder zu spät zur Schule.»

Den vierten Adventssonntag darf ich bei Oma verbringen, obwohl es deswegen mal wieder viel Gezerre gegeben hat. «Grundsätzlich», sagt Mama zu Papa, «hab ich nichts dagegen. Aber wenn dieser merkwürdige Mensch bei Elinor herumhockt, möchte ich meine Tochter nicht dazwischen haben.»

Sie hat natürlich mal wieder keine Ahnung. «Onkel Jobst ist nicht mehr da», sage ich.

«Ein Glück», sagt Mama, und es klingt richtig erleichtert. Ich finde das nun gar nicht. Ein Glück wäre es für Oma, wenn er noch nicht ausgezogen wäre. Und für mich auch. Er hat mit mir den Flohwalzer gespielt und das Kamel in der Wüste. Oma war allerdings mehr für den Flohwalzer: «Du weißt doch, von Kamelen und

Wüste haben wir nun genug.» Und sie hat mir zugezwinkert. Jobst ist ein Student gewesen, und Oma hat gesagt, er ist bis zu seinem Examen ihr Gast. Aber nun ist er nicht mehr da. Ich hätte ihn gern als Opa gehabt und Oma ja vielleicht auch. Jedenfalls war sie echt traurig, als er auszog. «Du bist mein einziger Trost», hat sie zu mir gesagt und mich ganz fest an sich gedrückt.

Ich darf also am vierten Advent zu Oma und klingle wie immer voller Vorfreude Sturm an der Haustür, renne durchs Haus und als erstes zu der porzellanenen Ente, die bei Oma auf der Kommode steht. Ich weiß, sie hat Süßigkeiten für mich im Bauch. Und Oma sagt wie immer mit verstellter Stimme: «Quak, quak, öffne mich.» Ich hebe den Deckel der Ente ab und finde neben Schokoladekringeln etwas in Seidenpapier verpackt: einen winzigen silbernen Schnuller. Ich freue mich riesig, und als ich Oma umarme, sagt sie, daß sie noch was viel Schöneres für mich hat, nämlich ein Geheimnis, und ich werde es als erste erfahren. «Was für ein Geheimnis?» Da erzählt sie es mir. Ich hopse herum vor Freude. Das ist das schönste Geheimnis der Welt. Nie, nie wird mir irgend jemand ein Wort darüber entlocken, auch nicht der freche Junge aus der Parallelklasse. Da kommt er schon die Straße entlang und sagt: «Du hast ein Geheimnis. Ich will es wissen. Jetzt gleich, auf der Stelle.» Aber ich schweige, ich schweige.

«Ich schweige.»

Oma lächelt. «Bin gespannt, wie lange.» Dann schickt sie mich mit einem Taxi zu den Eltern zurück.

Ich renne die Treppe rauf, reiße die Tür zum Wohnzimmer auf, wo die Eltern fleißig dabei sind, den Weihnachtsbaum zu schmücken. Mama sagt unwillig: «Du sollst doch nicht vor morgen ins Weihnachtszimmer.» Aber das Geheimnis ist so groß, daß es kaum noch Platz in meinem Mund hat.

«War's schön?» fragt Papa und Mama: «Hast du schon gegessen?»

Ich nicke und bleibe stumm auf jede Frage.

«He», sagt Papa, «was ist los mit dir?»

Und ich öffne den Mund, und da fällt es heraus, das große Geheimnis.

«Ich kriege einen Onkel!» rufe ich, «einen ganz, ganz kleinen. Aber erst in einem halben Jahr!»

Mama sagt fassungslos: «Einen Onkel? Das ist ja dann mein Bruder. Mein Gott, mußte das sein? In der heutigen Zeit? Ist doch immer das gleiche mit Elinor.»

«Finde ich gerade nicht», sagt Papa. «Ich hätte nie gedacht, daß sie diesmal … daß ich noch mal einen Schwager bekomme.»

Mama sieht ihn an. «Und wie findest du das?»

«Mittelprächtig», sagt Papa und lacht.

Liebe lud mich ein

Am ersten Advent passierte Margret endlich etwas, worauf ihre Familie schon lange vergeblich gewartet hatte: Nach einem Kinobesuch verliebte sie sich in einen jungen Mann, der ihr in der U-Bahn gegenübersaß. Vielleicht war es das Schicksal des «englischen Patienten» auf der Leinwand, von dem ihr Herz berührt worden war, oder die vorweihnachtliche Stimmung in der Stadt: kein Schaufenster, das nicht wenigstens einen auf dem Schlitten sitzenden Nikolaus aus Pappmaché, den Stall von Bethlehem oder zwischen Schuhen und Handtaschen hervorlugende neckische Engel zeigte. Alles strahlte, spiegelte und blendete, so daß man sich in das Innere einer teuren Parfümerie versetzt fühlte, wenn man die Straßen entlangbummelte, in denen sich das Läuten der Kirchenglocken mit Weihnachtsliedern ohne Ende mischte. Vielleicht war sie aber einfach auch nur angenehm berührt von dem knackigen Aussehen des jungen Mannes, der sie so fröhlich anblinzelte und mit einem «Hoppla!» gerade noch verhinderte, daß ihr sämtliche Einkaufstüten vom Sitz rutschten.

Was immer der Grund gewesen sein mochte, ihre Eltern waren jedenfalls erleichtert. Sie hatte nun endlich, worauf ihre ganze Umgebung lauerte – einen Mann an ihrer Seite, so daß sich sämtliche versteckten Anspielungen und Andeutungen von Nachbarn, Freunden, Onkeln und Tanten, die nur auf die Frage zielten: «Hat sie einen Freund?», erübrigten. Denn in Margrets Alter immer noch solo, das war doch wirklich merkwürdig, wenn auch Margrets Mutter sie jedesmal damit verteidigte, daß für ihre Tochter der Beruf unheimlich wichtig sei. Man nickte verständnisvoll, ließ aber durchblicken, daß es da vielleicht auch noch andere Probleme gebe, wobei sich die Generation der Großmütter besonders hervortat. Sie schienen völlig vergessen zu haben, daß zu ihren Zeiten so manche Braut längst auf die Dreißig zumarschiert war. Herr Helms fand das Ganze absurd. Seine wirklich ansehnliche Tochter warf sich eben nicht jedem an den Hals. Er empfand ihr Zölibat als höchst angenehm, wohl weniger, weil er von väterlicher Eifersucht geplagt war, als vielmehr, weil er sich noch sehr gut an die Liebesdramen seiner älteren Tochter Inga erinnern konnte, die sich noch dazu kurz hintereinander abspielten, so daß man gar nicht zum Verschnaufen kam und er diese Unholde dauernd durcheinanderbrachte. Nun war sie endlich verheiratet und er Großvater einer niedlichen Enkeltochter, deren Kosenamen dauernd ausgewechselt wurden, mal Gurke, mal Fröschchen, mal Püppi. Er kannte sich da nicht mehr so genau aus.

Aber auch Margrets Liebesdramen waren in seinem Gedächtnis haftengeblieben. Beim ersten Mal war sie gerade fünf gewesen, und sie hatten eine Kindervorstellung von Schneewittchen besucht. Da traf sie mitten in der Aufführung die Liebe. Sie stand auf und rannte ohne jede Ankündigung auf die Bühne, wo sie sich mit ausgebreiteten Armen auf den kleinsten Zwerg stürzte. Er war höchstens ein Jahr älter als sie und erschrak derart, daß er heulend die Flucht ergriff. Margret konnte von dem Inspizienten nur mühsam daran gehindert werden, ihm bis hinter die Bühne zu folgen.

Beim zweiten Mal war sie zehn, da wurde der junge Briefträger ihr Opfer. Auf ihrem Fahrrad folgte sie ihm durch die ganze Stadt bis ins Postamt, trotz seiner Bemühungen, sie abzuschütteln. Nach einer Woche warfen sich die Kollegen bedeutungsvolle Blicke zu, und der Vorsteher des Postamts bat ihn zu einem Gespräch unter vier Augen, was den Briefträger wiederum veranlaßte, Margrets Eltern um ein Gespräch unter vier Augen zu bitten. Margret zeigte sich so uneinsichtig, daß sie zu ihrer achthundert Kilometer entfernt wohnenden Großmutter verbannt wurde, wo sie allmählich wieder zur Besinnung kam.

Mit fünfzehn nahm sie nicht etwa, wie man in diesem Alter vermuten sollte, einen Schlagersänger aufs Korn, sondern einen Sanitäter von der Johanniter-Unfallhilfe, dem sie beim Schützenfest zugesehen hatte, wie er einem Kind das zerschrammte Knie verband. Sie fand ihn unheimlich süß, und er fand sie unheimlich nervig. Jedenfalls war das Herrn Helms' Eindruck. Würde Margret sonst nicht wenigstens einmal ihn selbst und nicht immer nur den Anrufbeantworter erwischen, obwohl sie es täglich bis zu dreißigmal versuchte? Es dauerte seine Zeit, bis sie ihre Liebe als hoffnungslos abhakte.

Danach erlosch ihr Interesse an jungen Männern, aber sonst war sie ein völlig normales junges Mädchen und kaum von anderen zu unterscheiden. Sie zerrte sich endlos mit der Mutter über nicht gemachte Schularbeiten, verweigerte jede Hilfe im Haushalt, benutzte mit großer Selbstverständlichkeit sämtliche Kleidungsstücke ihrer Mutter, die ihr gefielen, und gab muffige Antworten auf harmlose Fragen. Sie beendete die Schule, ließ sich zur Reisekauffrau ausbilden und war nun in einem großen Reisebürodie vielgepriesene rechte Hand des Chefs, der sich ebenfalls gelegentliche Anspielungen auf ihre Enthaltsamkeit nicht verkneifen konnte.

Doch damit war es nun vorbei. Im ersten Augenblick empfand Herr Helms sogar fast etwas wie einen Schock, als ihm seine Frau, bevor Margret singend das Haus betrat, ins Ohr flüsterte, daß seine Tochter nun endlich, endlich kein Single mehr war.

«Und weißt du, wo sie ihn kennengelernt hat? In der U-Bahn.»

«Wie romantisch», sagte Herr Helms gequält, der unruhige Zeiten auf sich zukommen sah. «Womöglich ein Kontrolleur von der Hochbahn. Wahrscheinlich hat sie mal wieder die Monatskarte vergessen.»

«Kontrolleur? Ich bitte dich.»

«Immer noch besser als ein Ausländer!» rief

Herr Helms voll düsterer Vorahnungen. «Muß ich mich jetzt etwa daran gewöhnen, meine Tochter nur noch mit Kopftuch und auf einem Teppich knien zu sehen?»

«Er ist bei der Bundeswehr», erklärte Frau Helms.

«Einer dieser Mörder in Uniform», murrte Herr Helms, bei dem gelegentlich der Achtundsechziger noch zum Vorschein kam.

«Du machst es uns wirklich schwer», sagte Frau Helms, sich sogleich mit ihrer Tochter solidarisierend. «Warte doch erst mal ab.» Aber auch sie sah etwas bänglich aus. Denn Margret hatte ihr angedeutet, daß ihr neuer Freund ein sehr, sehr häuslicher Typ sei und, im Gegensatz zu anderen Altersgenossen, ganz versessen darauf, ihre Eltern kennenzulernen. Und wie sehr er sich auf gemeinsame Wochenenden mit ihnen freue, besonders jetzt in der Vorweihnachtszeit, was Frau Helms einerseits sehr schmeichelhaft fand, andererseits aber auch befürchten ließ, daß womöglich ihre Talente als Hausfrau wieder mehr gefragt waren.

Margrets Heinerle erwies sich als ein wohlerzogener Junge, ein sportlicher Typ mit dichten blonden Haaren und treuherzigem Blick. Wie sich herausstellte, war er in einem Waisenhaus aufgewachsen und beneidete daher jeden, der eine Familie besaß.

Als beide Töchter noch im selben Ort wohnten, hatte sich Frau Helms oft darüber erregt, daß sie nur Gebrauch von ihrem Elternhaus machten, um die Wäsche waschen zu lassen, ihren eigenen Kühlschrank mit den Vorräten ihrer Eltern aufzufüllen und sich das Auto ihrer Mutter auszuborgen, aber dafür gern an Geburtstagen und Feiertagen durch Abwesenheit glänzten. Doch der Ärger war nur von kurzer Dauer. Sehr schnell begann das Ehepaar, es zu genießen, endlich mal mehr Zeit für sich selbst zu haben. Auch als Inga nach ihrer Heirat in eine andere Stadt zog, bedauerten sie das weniger, als das junge Paar angenommen hatte. Es reichte ihnen vollkommen, Gurke-Fröschle-Spätzlein-Püppi nur alle paar Wochen zu sehen.

Von nun an reisten sie mehr, ließen alte Freundschaften wieder aufleben, und Herr Helms bereitete sich auf seine Frühpensionierung vor, während Frau Helms fleißig die Volkshochschule besuchte, um ihr Schulenglisch aufzufrischen. Die Hausarbeit spielte für sie nur noch eine untergeordnete Rolle. Kein Gedanke mehr daran, daß sie so was wie Unterwäsche noch bügelte. Die Küche wurde zu einem Ort degradiert, in dem man nur noch Schnellgerichte in den Kochtopf schüttete, und da sich allmählich eingebürgert hatte, daß Herr Helms für diese Tätigkeit zuständig war, gab es um die Kosten des Auswärts-essen-Gehens keine Diskussionen mehr. Auch der ganze Weihnachtsrummel fand nicht mehr statt. Das Ehepaar verreiste jetzt gern über die Feiertage und ließ es sich in guten Hotels wohl sein.

Aber nun passierte etwas, womit sie nicht gerechnet hatten: Margrets Freund erquengelte sich mit sanfter Beharrlichkeit die Wiedereinführung der vorweihnachtlichen und weihnachtlichen Sitten und Gebräuche. Nun, einen hübschen Adventskranz ließ sich Frau Helms ja noch gefallen, und reichlich Pfefferkuchen zum Sonntagskaffee war ein leicht zu erfüllender Wunsch. Aber daß sie darüber hinaus auch den Nikolaus spielen sollte und einen vor der Zimmertür stehenden blankgeputzten Militärstiefel ihres Gastes mit Süßigkeiten füllen mußte, fand sie doch etwas albern. Aber seine geradezu kindliche Freude darüber versöhnte sie wieder. Er war ja nun wirklich mal ein netter Kerl, den sie mehr und mehr in ihr Herz schloß. Und seinen Beruf nahm er sehr ernst. Außerdem tat er

Margretchen gut, die sich, aufgeplustert vor lauter Gefühlen, angewöhnt hatte, jedermann um den Hals zu fallen. Sie blieb jetzt häufig mit ihrem Heinerle übers Wochenende im Elternhaus und konnte deshalb auch dem Klempner die Tür öffnen, der, wie es sich für einen anständigen Handwerker gehört, selbstverständlich nicht zur festgelegten Zeit erschien, aber dafür am Sonnabend um acht vor der Haustür stand und sich außerordentlich ungehalten darüber zeigte, daß er für dieses Opfer nicht die gebührende Aufmerksamkeit fand, sondern mehrfach klingeln mußte. Margret umarmte ihn mit dem Jubelschrei: «Da sind Sie ja!», worauf er ausgesprochen frostig reagierte. «Wohl gestern abend 'n bißchen lange gefeiert», sagte er und schob sie unwillig von sich. «Zeigen Sie mir mal lieber das Badezimmer.»

Dank Heinerles Begeisterung hielt nun aller Schnickschnack, der längst auf den Boden verbannt worden war, wieder Einzug im Wohnzimmer: Adventskalender, leicht angekokelte Transparente, eine Weihnachtspyramide, ein grimmig aussehender, dickbäuchiger Nußknakker, Papierservietten, auf denen Engelchen Ringelreihen tanzten, eine mit Sternchen und Weihnachtsbäumchen bestickte Weihnachtsdecke und natürlich alles, was eine Tanne schmückt: bunte Kugeln, Lametta, Kerzenhalter und ein Weihnachtsstern. Auch die bürgerliche Küche kam wieder zu ihrem Recht. Denn Heinerle ging nichts über ein üppiges sonntägliches Essen, wozu auch der anschließende lange Verdauungsspaziergang mit Margret und Herrn Helms gehörte.

Zunächst nahm Frau Helms nur ihrer Tochter zuliebe dieses Kreuz auf sich und war bereit, wieder in ihre Hausfrauenpuschen zurückzuschlüpfen und sich an den Herd zu stellen. Aber dann mußte sie bei allem Seufzen und Stöhnen insgeheim zugeben, daß es ihr auch Spaß machte, von den beiden Männern so viel Lob einzuheimsen und mit entzückten Ausrufen wie «Riecht es nicht einfach herrlich?» belohnt zu werden. Aber gleichzeitig verwilderten auch wieder alle guten Sitten im Haus, vor allem, was die Ordnung betraf. Und so blieb es nicht aus, daß die Weihnachtszeit nach langer, langer Zeit wieder einmal zu einem richtigen Familienstreß ausartete, zumindest was die Vorbereitungen betraf. Dafür war aber dann auch alles so perfekt und stimmungsvoll, als hätte man eine Weihnachtsgeschichte aus einem alten Schulbuch kopiert. Das ganze Haus glänzte, funkelte und strahlte, und die um das Festmahl versammelte Familie schlürfte wohlig die mit vielen Kräutern angerichtete Bouillon, schmatzte die mit allerlei Köstlichem gefüllte Pute in sich hinein und verschlang den mit Schokoladenkrümeln und Sahnehäubchen verzierten Nachtisch.

Heinerle war selig. Er ließ Spätzchen, das nun wieder Püppi hieß, auf seinen Knien reiten, sang dazu «Hoppe, hoppe Reiter» und rief: «Margret, deine Mutter ist wirklich spitzenmäßig!» Ein Lob, dem sich zu Frau Helms' Zufriedenheit auch ihre Familie anschloß. Und so nahm sie es gelassen hin, daß sie mal wieder allein in der Küche stand, weil alle verschwunden waren, und daß jeder sich erst zur Kaffeetafel pünktlich wieder einfand.

Im Laufe des neuen Jahres ließen sich Margret und Heinerle nicht mehr ganz so häufig blicken, was Frau Helms einerseits ganz recht war, sie andererseits aber auch ein wenig beunruhigte. Aber als die beiden dann in ihrer Gegenwart weitreichende Zukunftspläne schmiedeten, verschwand ihre Sorge. Ja, sie empfand bei aller wachsenden Sympathie für ihren, wie es ja nun schien, zukünftigen Schwiegersohn eine gewisse Erleichterung, als die beiden ihnen mitteilten, daß sie diesmal das Weihnachtsfest mit einem Skiurlaub verbinden und nach Österreich fahren wollten. Dafür beschloß das Ehepaar, zu Haus zu bleiben, obwohl auch Püppi nicht in Sicht war, weil ihre Eltern ebenfalls verreisen wollten.

Zunächst machte Herr Helms den zaghaften Versuch, dieses wundervolle Weihnachten vom vorigen Jahr, wenn auch nur zu zweit, wieder aufleben zu lassen, vor allem, was das Essen betraf. Aber damit biß er auf Granit, und so fügte er sich darein, seine Frau, wie früher auch, in ein edles Restaurant auszuführen. Ein Weihnachtsbaum war das Äußerste, was Frau Helms ihm zugestand. Selbstverständlich hatte er ihn auszusuchen und zu schmücken. Sogar die Süßigkeiten und die kleinen Schweinereien wie Gänseleberpastete oder Lachs mußte er selbst besorgen. Auch im Haushalt war seine Hilfe wieder Pflicht. Aber er war ein verständnisvoller, einsichtiger Mann, und so herrschte am Heiligabend volle Harmonie. Das Gespräch plätscherte zwischen «Dinner for One», einer Reportage über das Weihnachtsfest in den neuen Bundesländern, der Ansprache des Bundeskanzlers und «Schlafe, mein Prinzchen, schlaf ein» friedlich dahin. Frau Helms unterhielt sich mit ihm über Püppi, die nun Mäusle gerufen wurde und deren Intelligenz mit der keines anderen Kindes vergleichbar war, und Herr Helms sprach von den Sielgebühren, die jedes Jahr teurer würden. Während er dabei mit der Fernbedienung durch die Programme zappte und gerade Schlittengeläut zu hören war, klingelte es an der Haustür.

«Das werden die Nachbarn sein», sagte Herr Helms und erhob sich. «Sie wollen uns ein frohes Fest wünschen.» Er ging zur Tür. Aber es waren nicht die Nachbarn. Es war Heinerle, und er sah ziemlich mitgenommen aus.

«Mein Gott, Junge, was ist denn passiert?» rief Frau Helms, die ihrem Mann gefolgt war, erschrocken. Er schüttelte stumm den Kopf.

«Nun laß ihn doch erst mal reinkommen», sagte Herr Helms.

Sie brauchten Heinerle nicht lange zu bedrängen. Es sprudelte nur so aus ihm heraus. Margret hatte ihn Knall auf Fall verlassen, mit einem Hotelgast, von einem Tag auf den anderen. «Nur einen Zettel hat sie mir hinterlassen, und da stand etwas ganz Merkwürdiges drauf.»

«Um Himmels willen, was denn?» riefen die Helms'.

«Liebe lud mich ein.»

Margrets Eltern sahen sich an. «Nur dieser eine Satz?»

Heinerle nickte, und Herr Helms erinnerte sich plötzlich wieder, daß ihn seine Tochter mit diesem Zitat, das sie aus irgendeinem Gedicht hatte, schon bei dem Briefträger und dem Sanitäter von den Johannitern halb wahnsinnig gemacht hatte. Frau Helms wollte wissen, wohin Margret gefahren war. Vielleicht würde sie sich ja in den nächsten Stunden bei den Eltern melden.

«Das glaube ich kaum», sagte Heinerle resigniert. «Sie ist nach Ägypten geflogen.» Er tat einen tiefen Seufzer und blickte Frau Helms ebenso unglücklich wie vertrauensvoll an. «Hättest du vielleicht eine Kleinigkeit für mich im Kühlschrank? Ich hab seit heute früh nichts mehr gegessen.»

Frau Helms strich ihm tröstend leicht über das Haar. «Schauen wir mal», sagte sie mitleidig. Merkwürdig vergnügt ging sie in die Küche, drapierte Schinken und Wurstscheiben säuberlich auf eine Platte, schnitt Käse, garnierte ihn mit Radieschen und Weintrauben und summte leise vor sich hin, während aus dem Fernseher eine Stimme zu hören war, die die Weihnachtsgeschichte vorlas. «Und der Engel sprach zu ihnen: ‹Fürchtet euch nicht, siehe, ich verkündige euch große Freude.›» Herr Helms war in die Küche gekommen und sah ihr etwas säuerlich zu, wie sie das Butterstück in ein Kunstwerk mit Röschen, Ornamenten und Treppchen verwandelte.

«Gibst dir ja viel Mühe», bemerkte er spöttisch. «An Margret denkst du wohl gar nicht.»

«Soll sie doch in einem Harem landen.» Seine Frau blitzte ihn an. «So einen netten Jungen hat sie doch gar nicht verdient.»

«Ein kleines Steak wär vielleicht auch nicht schlecht!» rief Heinerle aus dem Nachbarzimmer, und es hörte sich an, als habe ein Entenküken nach langem Umherirren endlich ein Paar Flügel gefunden, unter die es schlüpfen konnte.